歌　集

水茎のやうに

大塚布見子

現代短歌社文庫

目次

花鳥

若き日の拾遺

片　雲

花鳥（くわてう）

山鳩

山鳩の啼けりと覚めしあかときの闇深くして夢なりしかも

春告げて啼くや山鳩くくみ音（ね）は朝けの光かそけき中に

逝く春を告ぐるがに鳴く山鳩の声ほうほうとあかときの闇

山鳩の遠く啼く声近き声ひたすらなるはつひに寂しき

夢

欅木の青葉の翳り濃き日なれよべ見し夢のちらつきてならぬ

かく立ちて仰ぐ習ひの大欅十年経ぬれど変らぬごとし

花（はな）庭（には）

君に似る花ぞと賜（た）びし金糸梅（きんしばい）賜びにし人も遠くなりたり

事ひとつ成しきて袂わかちたる人あることも諾（うべな）はむとす

今朝のわが鏡に映る立葵の紅あざらけし庭のそれより

堪へがたき譏（そし）り憎しみ受くる身にいさぎよきかな花葵の朱

立葵の緋に咲きさかる幾日(にち)はわれの独(ひと)りの心はなやぐ

いづくにか生命(いのち)ひそめてゐしならむ花咲けば舞ふ紋白蝶は

早咲きの低きコスモス蝶のきてそれよりはつかに揺れはじめけり

ひと群の紫露草ひるすぎて花みな閉ぢぬ貝の如くに

吾娘(あこ)かきし猫のあまたの眼に射らる梅雨のひと日を画廊にこもれば

蜂

白丁花（はくちやうげ）のちひさき花に蜜蜂のまろきが寄りゆくきらめきながら

蜜蜂は花のかたへに飛び来り空（くう）にとどまりしばし動かぬ

立葵咲きつぎて花の位置高しおのづからなるさ揺らぎをもつ

立葵の花より翔（た）ちし熊蜂の足ゆしばらく花粉こぼれぬ

半夏生（はんげしやう）

六月の日のかきけぶり合歓の花眠れるごとき紅刷きにけり

咲きさかり雨に撓める白木槿大き花芯はみな空を向く

雨止みて硝子戸にさす夕づく日八つ手の青葉を大きく映す

夜の道に玩具の自動車ひとつありわが忘れもの置かれゐる如

熟したる杏のごとき月かかる七月二日半夏生の夜

通勤の人満ち溢るるプラットホーム何か声なき静けさにをり

自動車の音絶え間なき真昼間の街騒がしとも閑（しづ）けかりとも

梅雨晴れの光さしくる街角のたまゆらつひに幻めきぬ

五月闇（さつきやみ）縫ひゆく電車に揺られつつわれはいつより流離の人か

竹叢

一面に砂利敷く空地のところどころ親しきものの如く草生ふ

えごの花ここだ散りしく坂の道通らずなりしをふと思ひ出づ

竹叢に今年の竹と去年（こぞ）の竹色異なりて幹（かん）立ちならぶ

竹叢に弱竹（なよたけ）伸びてわが部屋より見えし木立が見えずなりつも

竹叢にひともと高きなよ竹の撓（しな）ふ秀末（ほ）が風なきに揺る

霧雨の降るとしもなく降りきたり濡れつつぞしなふ竹の秀末は

星光（ほしかげ）

何思ひ歩めるわれか道の辺に引かるる白線ひたに踏みゐつ

風立てばいつせいに鳴る七夕の飾りの街に紛れゆきけり

幾光年へだつか知らず今宵見る星の光りのかりそめならず

太田善磨先生へ

夏の葬り

悼　海音寺潮五郎氏夫人

咲きあへぬ白玉木槿（むくげ）の花を揺り風吹き過ぐる葬り場の庭

柩を前に経誦（ず）する僧が顔の汗ぬぐひよみつぐ暑きみ堂に

寺内大吉和尚

いつの逢ひが別れの逢ひになるやとも目見（まみ）えたる日の健けき顔

蠟の灯のふとも明るみ亡き人の霊いづくにか喚(よ)ぶにあらずや

ひとたびを逝きては人の空しきに生ける人らのかく集ひ来る

暑き日の風は虚空に吹き鳴りて逝きにし人は安らけしとも

浅黄の服

吹かれつつたまゆら光る蜘蛛の糸あしたの風の通ふひととき

うちつけに蟬とびたちぬ夕庭の土より今し羽化せし蟬か

わが佇つを知らず一途に蟬鳴けば動かずにをり欅のもとに

ちさきちさき夏のばらなりいびつなる花びらの渦はつか匂へり

垂直に紋白蝶(もんしろ)とべり夏たけて蝶の飛翔もすばやきものか

もつれ来てしばし舞ひゐし紋白蝶の右にひだりに別れゆきたり

洗ふたび浅黄の服の色あせて夏の過ぎゆく寂しさにをり

風　鈴

りりと鳴りまたりりと鳴りわが軒に大和し恋ふるや夢殿風鈴

風鈴の鳴りいそぎをり台風は遠き洋上に生(あ)るるといへり

隣り家に越し来し人の吊るすらし風鈴の音にわれはおちゐず

執深(しふ)きわれの輪廻(りんね)の音かとも秋の夜闇に風鈴の鳴る

遠花火

身籠るにあらぬに乳房ほてる日のありてかなしも女(をみな)なりせば

今は子に乳ふくますることもなき寂しさならめうづく乳房は

デパートに物買ふ楽しみなく過ぎぬ事に追はれし一年と思ふ

暮れゆける厨にひとり遠花火聴きつつあれば過ぎゆきかへる

白むくげ

青葉木菟(づく)啼く夜の更けをひとり起く「サキクサ」三十巻かたへに置きて

裏切りをいくつ受け来し吾かとも鬢の白きを鏡に見たり

編集の三日を経れば部屋の隅廊下の隅に埃眼にたつ

西の方ふるさとあれば日の落つる空に向くとき祈りにも似る

くちなしの花食(は)むといふそを食めばうつし身いかに匂ひゆかむか

夫(つま)がゐて子がゐて尚もまさびしきしばしば寄りゆく白むくげの花

朝ごとに食ぶる胡瓜の何がなし固しと思ふ夏更けにけり

秋　蝶

つぶつぶの蕾をととのへ茎立ちぬ韮にははやも秋こもらふや

秋づける庭に舞ひ舞ふ蜆蝶群るるといへど静かなりけり

秋を咲く小さき蒲公英に黄蝶きて蜜吸ひはじむいちづなるさま

黄蝶(きい)の羽根ひるがへす一瞬に今日の秋日のこぼれ散りける

地に低く影落しつつ飛びゆける秋の黄蝶のゆくへ知らずも

みまかりし八重子の恋など読みにつつ秋の夕べを美容院にゐたり

髪洗ひくれつつ力抜けといふ力みて生くる我ならずやも

花の行方

風過ぎて紫苑揺らげば蝶高く舞ひ上がりまた舞ひくだり寄る

つれづれを電話にかこちし友逝きて秋ふたとせの紫苑見てをり

けさ嵌めし指輪は指にゆるくして苦しみて過ぎし夏と思へり

母に似る人の背の帯の崩れしをそとなほしやる街の行きずり

子が描きて破り捨てたりしトルコ桔梗花のゆくへを思ふことあり

夕つ日にましろく光(て)れる韮の花群るるせせりは影のごと舞ふ

心通はずなりしが多く離(か)れゆきてわが人生もすでに後半

僥倖など来る日あるべき障害線の多きてのひら見つめつつをり

縫ふこともいつしか稀に釦ひとつ付けて落着く女（をみな）かわれも

をみなにて針もつことも稀となりわが明けくれも思へば淡し

　幸せのひとつ

老眼鏡かけ初めたりといふ友のふえくるあはれ四十路なりけり

これの世の泥にまみれて喘ぎつつ生きゆく我かぎこちなくして

みどり子の零(こぼ)れむばかりの笑みに遇ふかつてわが得し幸せのひとつ

毛糸の玉転がしにつつショール編むひとりの思ひ恣(ほしいまま)なる

みどり児に白き毛糸を編みし日の感触すでに遥けきものを

バス停にて

垂れ垂れて揺らぐほかなき青柳の今バスの上に枝あづけをり

遠くより呼ぶがに啼く声聞えゐてバス停の前に小鳥屋のあり

いづこみる眼ともわかねど金剛いんこの白眼の多きまみに見られつ

ひとしきり啼き叫びゐし金剛いんこの静まれば騒ぐ小さき鳥たち

ビルの上に大き繊月(せんげつ)かたむけり童話めくなるこの宵の街

昨日は忘れて

秋となる冷たき水に面(おも)洗ひけさ新しき吾となりたり

己れともあらず写れるけさの顔鏡のなかの吾に笑まひつ

昨日(きのふ)より続く今日としいへれども昨日(きぞ)は忘れむ振り向くまじき

存分に血は吸はれたり膨らめる秋の蚊打つとまなこ凝らせる

ためらはずひとつ秋の蚊搏(う)ちしかばあはれ己れの生き生きとして

輪廻転生ふと思ひけりキタキツネ想はす黄の蛾のこの面構(つらがま)へ

来む世には何にならむか花にならむ花に愁ひのなしと思へば

ありありと離(か)れゆく人の心見ゆ見ゆるといふも侘しきものか

あるときは裡(うち)なる修羅(しゅら)を鎮むると文字書きちらし筆あそびすも

新しき辞書何ひかむつつしみてわが名のふみをまづ引きてみむ

きのふ三輪けふは一輪朝顔の花のへりつつ秋はなだれ来

願ひごと叶ふときけば今ひとたびねがひてもみむ流星を待つ

白き靴

むらぎもの傷つきやすく癒えがたくひと日すべなくわが身横たふ

せつせつと顔を洗へるわが影が蛇口の金(かね)に映りて小さし

縁ありてわが物となりし白靴の馴染めぬままに夏の過ぎゆく

昼の月そびらにあると告げたきを語りてやまぬ立話かな

今日あひし多摩の丘辺のくさぐさの木草の名前おほかた忘れぬ

家裏をかならず通るくるまあり朝静かなる午前十時過ぎ

忘れむとしつつまたもや立ち返る思ひひとつを持て余しをり

わが影

咲き残るばら一輪の花びらをなべて散らしてこがらし過ぎぬ

遠しともまた近しとも昼の月母の面輪に見えて従きくる

さやかなる月かげ踏めばわが影の髪のさ揺れの童女めくなる

磨けども磨けどもなほ曇り呼ぶガラスに似たるわが哀しみか

ひとりして君が見欲しむ牡丹(ぼうたん)の花の息づきわが盗みけり

高橋英子刀自に

霜月尽

わが生(あ)れし日を思ひ見る道の辺の菊のすがれは霜月の尽

幼より泣虫なりし我がことを知らずて人は気強きといふ

兄嫁に良き人なしと友は言へりわれも兄嫁の一人なりける

ガラス戸の内にこもれば鳥影は我に告げたきことあるごとく

深き深き歌の密林にわれ一人さまよふ心地にこの夜も明けぬ

編集

事切れし母のかたへにありしこと劇中劇の如く思ひ出づ

大欅葉を散りつくし碧空（へきくう）に秀（ほ）つ枝（え）揺れをり霜月の尽

青深き空の高処(ど)を飛行機の音なくゆけり魚(いを)のごとくに

しぐれ以後

よべひと夜降りし時雨に散りつくし虚ろなるまでさ庭明るし

ぬばたまの黒き実たわわの一樹あり冬に入る日の証しの如く

冬ばらは幾日をかけて咲きたれば幾日たもちて花の長しも

かく花を咲かせたりとは思ほえず朝顔枯れてあまた種もつ

吹き晴るる日はときめきて西の方（かた）富士の嶺（ね）みゆる所まで出づ

シクラメン日向に出だしそのかたへ年改まりしうつし身を置く

富士の秀（ほ）の白きが家並の上に見え寒晴（かんば）れここに極まるらしも

小式部（こしきぶ）の細枝に今朝は来てをりぬ白き紋もつ鳥の一羽が

声低くさへづる鳥は何ならむ低きがゆゑに耳かたむけつ

影さして羽根ひるがへす一瞬の鳥の飛翔のふとも嫉まし

はだれ雪

浄らけきもののおとなひ朝さめて庭に降りおく白き斑雪（はだれ）は

雪の降る日は吾子想ひ父思ひたどきなかりし離（さか）り住めれば

竹叢の葉ずれの音の何がなし軽(かろ)しと思ふ雪消(げ)のあとは

春まだき

オレンジ色の背羽(せばね)の野の鳥見てしより心に棲みしかよべ夢に見つ

春まだきひひなの店に京雛と関東雛の並ぶもあはれ

門先にさきがけの梅咲かしめて春待つ家ありとある小路(こうぢ)に

小舟ひとつ下りゆきつつ水脈（みを）長し春の川面（も）は波のあらなく

春を呼ぶ雨の描ける等圧線たれがおゆびの指紋に似るか

日の入りてなほしばらくの明るさに啼く鳥のあり春近みつつ

みんなみの土佐の干魚（ひうを）のうるめ鰯みなあはれなり眼（まなこ）うつろにて

家をめぐり雪のしづれの激しきを籠りつつきく昼闌くるまで

カーテンの裾をゆらして入る風をけさのしまらく愉しみゐたり

みどり子は天降（あも）りくるとや初孫を待つはたのしゑ長月二十日

父老ゆ

何思ひ生くる父かも老い老いて唯にこにこと笑みておはせる

覚めては食（は）み食みては眠る老い父の赴くままにあるが素直さ

わが母を死なしめし翳(かげ)いづくにもあらなく穏(おだ)しきふるさとの山

春日抄

バス停に佇ちて見放(さ)くる山脈(なみ)のはつかに縷(る)をひく春さりにけり

ふるさとにあらねば住みて久しきに遠見ゆる山の名は知らずけり

梅の花見むと出で来つる野の果に立ちふさがりぬ常に見る山

克明に詠みて対(むか)はん春闌くるこのめざましき季(とき)の移ろひ

死にすればハンケチ一枚いらぬといふ白き辛夷の花見て思ふ

おほかたは此の世に諦め持つゆゑか亡き人さほど恋はずなりにき

郵便屋のブレーキ軌ませ来る音ものどけし春の日差しあまねき

人乗せてとぶ飛行機の妖しくも金の筋引く夕雲のなか

ゆふぞらのひとすぢ長き飛行機雲記憶うするる如く消えゆく

摑みたきもの摑み得ず過ぐる生(よ)か地平に低き雲の隊列

白きうど白き仔猫に雪柳春けがれなきものらの匂ひ

弔歌

故　高橋英子刀自に捧ぐ

これの世につきせぬ思ひとどめつつ八十まり一つ君の旅立つ

ゆくりなく大山ざくら見て来たる夕べに聞きぬ君がみまかり

君逝くと悲しむ吾に寄り来たる猫のまなこに涙を見たり

愚痴言ふな気弱になるなと幾そたび奮ひ立たせてくれまししかな

君がため黒き喪服を取り出だすこの切なさは君知りまさず

み葬(はふ)りにゆくと歩めるわが足のふともとどまる諾ひがたく

逝きましし君思ひつつうつつなく揺られゐたりき春の電車に

ふたたびを声聞くこともあらぬべしいつの電話が終（つひ）にありしか

萌え出でし欅若葉のゆるるさへ君思はしむすでにまさぬを

若き日の拾遺

湘南葉山

われを射るクルスの如し波洗ふ沖の岩秀(ほ)のきらめきやまず

にんぐわつの日差しあかるき庭のなか吾子乗り捨てし三輪車あり

本読みていらへずあれば幼かの子ママはゐないよゐないよと言ふ

あたたかき日のつづきたり靴下を脱ぎ捨てたれば足(あ)指白しも

数へ年二十八歳になりしかとふとも鏡をとみかうみする

眼の下に黒きかげなど生れをりて愁ひめきけり二十八歳の顔

わが背後いかなる影の纏ふにや夕べを寒くうす闇の這ふ

南　信一先生

妻のろと評判なりし南先生の歌見出でたり今宵微笑む

少女の日曙覧（あけみ）の歌など教はりし師の歯はいまも欠けたまへるか

主婦なりければ

乗ることの稀とはなれり街道をバスの灯淡くすぎ去りゆけり

新しき万年筆を欲しと思ふはたちの代も残りすくなく

主婦の事とりとめもなし新しきペンを欲りしもいつか忘れて

しばらくは道に佇み何買はむ何を買はむと吾の貧しく

風紋はひとつひとつに翳(かげ)もてり秋の日ざしの傾く浜に

灯(ほ)明りに吾を見上ぐる猫の目の人よりもやさしき光と思ふ

芽吹

ものの芽の萌え出で初むるはけもののめく角(つの)ぐむといふ言葉さながら

小綬鶏の声はいまだも稚くて鳴きつぐ聞けば次第にととのふ

天空（てんくう）に揺るる欅の裸枝に春のきらめき走りやまずも

なにゆゑに心みだるるこの日ごろ来向ふ春の空定まらず

けだものの角（つの）にも似たる稚房（をさなふさ）あえかに藤のむらさき覗く

春日遅遅

吾娘(あこ)の描く孔雀は長き尾をひきて夢を見てをり吾娘のみる夢

いとけなきものらの眠り白昼を仔猫三匹死したるごとき

何鳥かやさしき声に啼くゆゑに耳とめて聴く庭に来る鳥

あたたかき春の疾風(はやち)のひと日にて君子蘭咲く花のひそかに

新しきノートに記す何もなし春めざましく我を置き去る

いとけなき吾の写真を捜し当て失ひ来りしいまの生きざま

あたたかく地震（なゐ）しきりなるこのあした久しく聞かぬ山鳩の啼く

地を摺りて吹く春疾風（はやち）パンジーの花はひと日を揉まれ続けぬ

うとみゐし家事にも和む思ひあり銀の匙いくつ日向にみがく

風なまめく

ももどりの囀りはなやぐ夢うつつ春のあしたの眠り覚めつつ

猫といへど老いはけだるきものならむ戯るる仔猫に戸惑ひの色

白梅の花なにげなく汚るると思ふ夕べを風なまめきぬ

桜ばな部屋に散りくるきのふけふわれも畳にあはあはとをり

幸ひは届くところにありたりと食みつつぞ思ふ菜の花にして

紫とおもへど藤の花房の日にかがよへば銀色にみゆ

地に低く庭の茂みをとびうつる雀子みれば遊ぶに似たり

シャネル五番

モンローの奔放さあらずシャネル五番匂はせし身を電車に揺らる

恵林（ゑりん）寺の林泉（しま）の唐（から）桃しだるるを背景として君に撮らるる

さよならと振りむきしときあな黄なる風船の如き月は出でをり

はなやかに点す地下街に昼を来て異邦人のごとき哀しみ兆す

沼明り

浅き水湛へて何を待つ沼か白雲うかぶ空と照り合ふ

さみどりの葦むら靡く風見えて葦のさやぎはここに聞えず

葦むらをつね靡かせて吹く風の時に渦なしすぐるも見たり

菖蒲田

傘さして道ゆく人の手に持てる菖蒲の花はなかば濡れつつ

雨の街に菖蒲の花をかばひ持つ人美しく行きすぎにけり

菖蒲田に咲き満つる花に近寄れば揺れゐたりけり色むきむきに

おのもおのも名をつけられて競へるや菖蒲は妍に花咲かせたり

合歓の花
三豊高等女学校の庭

生徒らのつねにはゆかぬ宿直室のかたへにありし合歓の一樹は

しなやかに波うつ葉群（はむれ）の上に咲きそれとはわかかぬ合歓の薄紅

気づかれず咲きゐしゆゑに合歓の花われのひとりの花とも思ひし

うすべにの合歓の糸花眠るかに物思ひたりしは少女のわれか

少女の日

頬白の夏囀りの競ひ合ふ聞きつつ目覚むる今朝のあかるさ

梅雨明けの朝きらきらしダーリアの深き翳りに蝶のひそみて

ほろほろと飛び来し白蝶竹林の闇に吸はれて入りにけるかも

夏日照る草野のうへを黄揚羽が道あるもののごとく飛びゆく

国破れし日の碧空はいまもなほ瞼にありていくたびの夏

壕掘ると山につるはし振るひゐし少女子(をとめご)なりし国破れし日は

敬礼などしたるものかなさにづらふ少女子われが真剣にして

身にこたふる熱ある時も国の為ハンマー振ひて一途なりしか

女教師のミスのおほかたが熱あげし海軍士官いまはいづくに

飛行場となりしわが村飛び立ちて死にゆきにける兵よ安かれ

終戦の詔勅信ぜず激怒せる師のありたりき老いにけらしも

語りつぐはあなた達とぞ涙せる師はいかに生く敗れし日より

マニキュアを知らず過ごしし娘期は清しとも思ふ寂しとも思ふ

巻貝

人はなぜかく群るるのかたまさかに街の雑踏ゆきつつ思ふ

われに似る額の広き少女ゐてきびきびと働くコーヒーショップ

ターミナルの駅のホームに落ちゐたり淡きピンクの小さき巻貝

手にとれば貝の肌への冷たくていまだ鮮(あたら)しき潮の香りす

波の音いましがたまで聞きゐしか巻貝は白き砂をつけゐつ

いづこの浜に誰(た)が拾ひしか雑踏の街に落ちゐし貝のさだめや

拾ひたる巻貝ひとつ握りしめ家路辿れば幼めくかも

わが生活(たつき)変へ得ぬままに夏は過ぐ蜘蛛の巣多くかかるこの家

何求めさまよふかとも白蝶の翅(はね)せはしなく暗き木下を

味噌汁の秋

長かりしひでりの夏も終るかと九月朔日あけ方の雨

霖雨（ながあめ）のまま啼きいづるひぐらしの徹れる声は短くて止む

隣家（となりや）の箸洗ふ音聞えきて今朝はにはかに秋となりゐき

どんぐりを手に握りしめ幼な吾子小さきみちに拾ひしと言ふ

水溜りに映る白雲のぞきゐて深い深いとおどろく吾子は

ひさびさに主婦の時間のかへり来て秋の小蕪を丹念に洗ふ

子らのため耐へて生き来つつづまりは常なる母の一人かわれも

しぼまずてほろりこぼれし蘭の花手に拾へどももはや匂はず

夕映の空の茜のやどりしと思はしめつつ薔薇（さうび）は赤し

物言はぬ薔薇（さうび）なれども傍らに花ほぐれつつ語るに似たり

味噌汁の味噌をときつつ女（をみな）我と不意に不思議に思へたりけり

帰郷

朝に日（け）に仰ぎ育ちし雲辺寺の山変らねば眠るごとしも

いつか見し夢の祭ぞふるさとの祭のよるの人混みにゐる

帰りくるたびに鱗の一枚づつはがれゆく思ひに離(さか)るふるさと

浄(きよ)め塩

悼　奥田祥子さん

逝きしとは思へぬ顔の頬の紅ただ美しとのみ見つめたり

浄め塩撒きつつはかな葬(はふ)り終へ生き残りたる者の証しは

眉月は星ひとつ連れ暗きくらき空をめぐりてゆくとわが見つ

スノーピンク

日向にて仔猫が瞬時に呑みたりし冬蠅にぶき羽音をのこす

ひとところ土のゐぐれて霜柱その断面のいのちあるごと

いちはやくくちなしの葉におく雪の清しさみたりあくがれてゐし

降り初めて枯芝の上に溜りゆく粉雪（こな）かたみに相寄るごとく

あは雪のしきり降りつつ明るめり塔の上なる時計は正午

口紅のスノーピンクといふ色を愛(かな)しみて買ふ雪降る町に

一瞬のヘッドライトに浮き立ちてあはあはと舞ふ夜の綿雪

雪はげしく降り積むみればわが記憶のもつとも古き日の甦る

夜の雪を踏みて歩めば劫初(ごふしょ)より蹤(つ)きくるごとしわが足音は

片雲（へんうん）

春　信濃路

雲霽（は）るるあたりは空とみやりしに信濃は山の現るるなり

いつせいに千鳥とびたつごとく見え峡の白木蓮花ひらきたり

逃れたき思ひひそむるわれなれや白木蓮は飛翔のかたち

主婦の座を逃れて何が残るといふ我ならなくに日々をうとみつ

光りつつはだれの雪のとくる沢雪よりいでて水芭蕉咲く

戸隠(とがくし)の橡(とち)の大葉のゆらぎつつ天狗の羽団扇(はうちは)思はしめつも

早苗田はおのもおのもに白雲と黒姫のかげ映し夕映ゆ

子を抱きて峡の温泉(いでゆ)にひたる猿澄みてやさしきまなざしをもつ

曇り日の夕べ思はぬ日の有り処(ど)白くおぼろの絮花(わたはな)のごと

いつ聞きし言葉かふいに甦り解きほぐれたり牡丹咲く朝

秋　信濃路

千曲川流るる水は東京とさかさに行くと運転手いふ

信濃路の峡の温泉(いでゆ)のここかしこ寄りて菜洗ふ女いくたり

塩田平(だひら)をめぐる山なみ藍澄みて雪降る前の穏(おだ)しさにあり

峡に来て蒼く澄みたる空を背の枯山(からやま)あれば登りてみたき

山もみぢ映るいでゆの透明に浸るわが身のくれなゐさしつ

さゐさゐとしぐれの雨の過ぎゆけり峡の小草(をぐさ)の黄ばむを濡らし

たちまちに湧きくる霧は白樺の林の幹をまきて流るる

信濃路の山をへめぐり今日ひと日もみぢの朱に染まりたりけり

秋草のなでしこの花峡(かひ)なれば紅濃(べにこ)に咲けるをめでつつ歩む

晴るる日は峡の野径(のみち)のささりんだう花の開きて濃むらさき顕(た)つ

ほろほろと高原をとぶ蝶いくつとどめおきたき今日の秋日や

きさらぎ京都

苔庭に樹樹の木洩れ日彩(あや)なすを踏みつつ歩むきさらぎの寺

樹樹わたる風に遅れて池の面に立つさざ波は片寄りにけり

天龍寺の裏にし立てば見はるかす嵯峨野の春はいまだ眠れる

春あさき京の朝冷え真青なる空より淡く雪のはらら ぐ

ひややかに色しづみたる金閣の甍に舞ひてやさし風花

やはらかき苔の面にとどまりて寒くは消ゆるひとひらの雪

平林寺

寺庭にほころび初むる白梅のかをるともなし空気うごかず

朴の葉のばさと落ちたるその際(きは)の音きこゆかに地(つち)に大き葉

野火止の小流れいまは涸れ果てて熊笹おほふ下に音なし

み堂ぬち暗きにいます仏らに逢はずをろがまず帰り来しかな

千鳥ヶ淵

咲き匂ふ花の木下の市をなす人のひとりとなりてわが居り

としどしに華やぎうすれゆくわれの今日をさかりの花の木下に

ほころびて花の下向くさくらばなくれなゐさせる花芯の覗く

咲き撓(をを)るさくらに風の吹き過ぎて花震ふとき無音のひびき

真鶴岬

歌会(うた)は闌けゆきにつつ窓に見る真鶴湾の日和定まる

激しかる晶子の声も聞くべしや歌碑の前とどろく海鳴りの音

晶子死して歌碑を残せり時じくの春の嵐に吹かれてぞ立つ

三つ石の巌を打ちて散る波のさ霧とまがふしぶきに濡れつ

降りそぼつ雨に濡れゆく原生林楠の落葉のあかねさす踏む

わが踏める楠の落葉の雨に濡れ何か明るし春のものなる

とよもして嵐すぎゆく原生林風の雄叫び遠世のものか

歩み入る原生林の木下径しげるいらくさ雨滴をはじく

ちさき岩にちひさき鳥居ちさき松稚子が身投げせしあはれ稚子岩

土佐路

四国路の山なみ越ゆるとゆく谿の車窓に触るるうつぎは白く

桂浜岸より暮れてなほ照れる沖辺を小さく船光りゆく

磯山の繁木がなかのもちの花強く匂へばそれと仰げり

水族館の檻のあしかのおらぶ声暮れゆく海に向ひて止まず

物部川さかのぼりつつ人に会はずただ夏蝉の声を聞くのみ

うちひさす都を遠く吉井大人（うし）の庵（いほ）に虎杖（いたどり）のその酸ゆき噛む

草津高原

止まりたる時計見つむる如くにも霧のなか霧を見つつ分けゆく

雁来紅（かまつか）の朱にも似たるぬるでなり流るる霧のなかに浮び来

いでゆ流るる西（さい）の河原に立つけむり三（み）つ瀬（せ）の川にいざなふ如し

誰（た）がために積みし小石かくづほれて日に曝（さら）さるる目に痛きかも

紅葉照る山の静けさすでにして移ろふ秋の声聴くべかり

山の辺の御井（みゐ）

秋草のみだるる踏みて近づきぬ心おそれて御井を覗けり

御井の上高啼きわたる鵯（ひよ）の声万葉の世にあるごとく聞く

水汲みに降り立つ少女（をとめ）まぼろしに顕たしめしばしわが佇めり

祖谷渓（いやだに）

岨道(そばみち)の隈(くま)みに生ひて花咲ける木槿(むくげ)は馬に喰はれむ高さ

たたなはる山深く来てこの渓(たに)に生きし平氏のかなしみに佇つ

白雲の浮かぶと見しにたちまちに峰がくりゆく峡の夏空

高啼ける夏うぐひすのひと声は谿深くしてふたたびを聞かず

谿蔽ふ繁みの間(あひ)のかづら橋かづらゆらゆらゆら揺れ止まぬかも

大き石ちさき石あまたころがりてこの渓川の水はともしも

祖谷口(いやぐち)ゆかづら橋まで二十余粁中途(なかど)に立たすひとつ石地蔵

伊予路

燧灘(ひうちなだ)かへす夏日の眩しさはいざなひやまずわが幼な日に

立ちならぶ湯宿のあひの坂の道友と下りぬ下駄鳴らしつつ

屋根の上に作り物なる白鷺をひとつをらしめのどけし道後

白鷺の病癒えしとふ古き湯に遠く来りしうつし身沈む

過ぎ去りし歳月かたみに押しやりて道後のいでゆにわれら浸りつ

なだらかに起き伏す山の麓べにありとしもなき磁器を焼く里

竹の里の大人(うし)も眠るや正岡家累代の墓さみだれのなか

われも詠む歌の先達正岡の大人親しもよ小さき子規堂

もとめ来し白き陶鈴（たうれい）打ちふれば眼にさみだれの砥部（とべ）の山波
　　鳥にかも似て

高度六千米雲海の上に出でしかばくわつと照りつくる水無月の真日（まび）

成層圏ゆきつつ震ふわが機翼あやしく放つ虹の光りを

妣(はは)が国妣が国とぞ天翔(あまか)ける雲海の上の碧き奥処(か)を

蝶のごともつるる白雲ひるがへり忽ちにして虚空に沈む

うぶすなの地表深深と山襞(ひだ)を刻すればいたく嘆かふごとし

うるはしき夢をわが見る心地にて富士に近づく天つみ空ゆ

澄みに澄む空のまほらや富士ひとつ浮べて蒼きわたつみのごと

空ゆきて空とぶ鳥に逢はざりき東京湾に千鳥群る見ゆ

水浅黄くはしき空を飛びしかば来む世は鳥にならむ我かも

旅次車中吟

白く赤く塗られし達磨(だるま)の濡れ濡れと日に干されあり高崎あたり

碓氷嶺(うすひね)に見さくる平野おぎろなし吾嬬(あづま)はやとや言ひし人はも

栂(つが)の木の骸(むくろ)は白く曝(さ)れしままいくつ転がる立ちたるもあり

天(あめ)近き白根山頂白緑(びやくろく)の湯釜はただに空と向き合ふ

生ふるものなければ白根の頂きに吹く風蒼き虚空にすさぶ

なだれたる火の泥いまは冷え果ててただ一望にかぐろき岩原

鬼押出し

小鹿坂峠(をがさか)

小さなる鹿出でしゆゑ小鹿坂とふ峠親しもわが踏みのぼる

困民（こんみん）党の男ら落葉を踏みしだき駈けのぼりけむ小鹿坂峠

踏む人のなくて形を崩さざる落葉は踏むに清しき音立つ

峠路の十三地蔵はひとつらに武甲（ぶかふ）の山に向きあひて立つ

首（かうべ）なき地蔵が合はす石のみ手短きおゆびのまろやかにして

首なくてちひさき石の手ひた合はす地蔵の祈りわれは聞かなも

鐘ならし暴徒ら蹶起せしといふみ寺に見たり秋冥菊の花

峠路の桜咲く日にまたも来む花の下なる地蔵に逢ひに

秩父の町

どの路地をゆきても彼方に山が見ゆ秩父の町に今日を来にけり

降り立てば今宵祭りの盆地の町市(いち)が立つらし屋台の組まる

めぐりゆく秩父盆地のいづくゆも見えて厳(いか)しき武甲(ぶかふ)の嶺は

みどり子に豊けき双乳(もろちち)さぐらせて石なれどぬくとし慈母観世音

金昌寺

立ち並ぶ石の仏の前をゆくわが足あやふし見らるると思へば

穏しかる師走三日の冬日和秩父山路に黄蝶(きい)ひとつ

みんなみにあればか秩父の町ゆ見る武甲の山はつねに日の裏

ははそはの柞（ははそ）の森と聞くさへにゆかし秩父の夜祭りの宮

いにしへの里人ならずやと思ふ顔秩父夜祭の人混みのなか

布良（めら）の海

布良とふはいかなる謂（いひ）ぞ今日の海布敷くごとく滑らかにして

なりはひに君が日毎を潜(かづ)きゐる海とし思へばしたしこの海

豊崎いよ氏

夢なりといふが如くに大島の浮かびては消ゆ曇れる海に

布良鼻の燈台小さし岬(さき)山のしげれる青葉にかくるるほどに

廃(すた)れ舟ひとつ置かるる庭先に大根ひともと花つけてあり

葭群(よしむら)に高き杭ありときをりに止れる鳶は海を見てをり

生ひ茂る葭に音たて降る雨をききつつ旅の目覚めもとなし

雨の降る港に小舟のもやひゐて遠き記憶のごとく見てゐつ

平砂(へいさ)浦のながき浦曲(わ)にそふところ松は這ふごとみな陸(くが)に向く

廃　橋

人すでに渡らずなりし安けさをみせてかかれる峡の吊橋

塩田平（だひら）

塩田平うづむる稲田のさみどりの夕かたまけて深むその色

鎌倉の代にし栄えし塩田郡（ごほり）山かげにいくつ塔を残せる

日は遠き山に入りつつこの山の翳りに震ふかなかなの声

塔にまで届くとばかり枝のべて咲く木欒子（もくげんじ）七月の花
前山寺

もくげんじの実は数珠玉にするといふ黄の花咲ける時にあひたり

もくげんじ喬木(たか)の花の夕空にけぶれば弥陀の声ある如し

北条氏滅びしからに未完といふ未完のゆゑに美しき塔

道祖神訪ぬとゆける草のみち鳴きをやめざるきりぎりすの声

肩を抱き手をつなぎあふ女男(めを)の像その面老ゆとも若きとも見ゆ

草深き野倉の里の道祖神白日のもと女男むつまじき

耳遠き人に聞かすときりぎりす鳴くと言へれど聞えぬらしき

染野厳雄大人

右ひだり曲りまがりて越えゆくは舞田峠といへる山坂

東寺

築地塀高くめぐらす大き寺われら衆生を拒むにも似て

塔の下寄りて仰げば昼の月水煙(すいえん)ちかく添ひてかかれる

研ぐごとく風の荒べば塔伽藍いらかは色の黒く沈める

み仏のいますみ堂をつつみ吹く京の寒風(さむかぜ)やむともなく

ぬかづくは我ひとりなり外(と)の面(も)吹く風とどかねば長く祈れり

暗がりにあまたはいますみほとけのそれぞれの面(おも)語ると思ふ

京に来てまたもあひたる降るとなくちらつく白きこれの風花

風花は降るとにあらず漂へばほたる火のごと宵の灯(とも)しに

冬　薬草園

歩めるはわれひとりなり薬草園霜おく土を踏めば音立つ

薬草園なべて枯れ果て名を記す白き立札墓標のごとし

冬ざれの匂ひとてなきこの園に白梅一輪たしかにかをる

水かんな水にあるゆゑ水莖の寒き夕べは薄ら氷(ひ)のなか

水莖のやうに・完

あとがき

わが家の三椏（みつまた）が、例年は枝先に一つの花しか咲かせないのに、ことしはどういうわけか二輪ずつ花をつけた。その三椏の花にあやかるというのでもないが、俄かに第二歌集を出そうという心がうごき、歌誌編集の合間を縫って編んでみた。

第一部「花鳥」と第三部「片雲」は第一歌集とおなじくほぼ四十代の作品であるが、第二部「若き日の拾遺」は主として二十代、三十代の作品である。

東京女子大学を卒業後、雑誌記者をしばらくしてから結婚し、育児と家事に追われている時、一時期故花田比露思氏の「あけび」にいた夫、大塚雅春が、わが家の歌会というのを開いてくれた。丁度早稲田大学在学中であった亡き弟、秋山幾重（佐藤佐太郎門）が同居していたこともあって、三人でよく歌会をもったものである。

その頃の歌が「わが家の歌集」として大学ノートに残されていたのが、七百首近くあり、その中から百首ばかりを選んでみた。

集名の「水莖のやうに」は第一歌集の「白き假名文字」に対する意もあって、この世の便り」という風にとって下さってもいいし、文字通り「みずみずしい茎」の意にとって下さっても結構である。従って、第一歌集とあわせておよみ頂ければ、ほぼわたくしの歌調のおおよそがお解りいただけるかとも思っている。

第一歌集に引きつづき御協力下さった「サキクサ」の結社の皆様、校正の労をこのたびも煩わした吉田卯女代さん、並びに表現社の方々に心からお礼を申しあげる。

大塚布見子

昭和五十八年八月八日

解説

広瀬陽子

『水茎のやうに』は、著者の第二歌集である。初刊は、昭和五十八年十月八日、単行本として出されている。尚、第一歌集『白き假名文字』は同じ年の三月に刊行されている。

本集は、平成十一年十一月三十日刊行の『大塚布見子選集』第一巻・歌集1に『白き假名文字』と共に収められた。その際には、若い読者を慮って、出来る限り新字体を用い、振り仮名を多く付す配慮がなされている。

本集は、「花鳥（くわてう）」「若き日の拾遺」「片雲（へんうん）」の三部より成り、四百九首を収める。第一部「花鳥」と第三部「片雲」は、概ね四十代の作品であり、第二部「若き日の拾遺」は、主に二十代、三十代の作品のうち、第一歌集に収めきれなかった歌を纏めたものである。

あとがきに、「第一歌集の『白き假名文字』とあわせてお読み頂ければ、ほぼわたくしの歌調のおおよそがお解りいただけるかと思っている」とあるが、「国語を言霊にまで引き上げた美しい形が短歌である」という信念を持ち続ける歌人・大塚布見子の本質、即ち感性、美意識、大和言葉への愛着、豊かな語彙、作歌姿勢が理解できよう。

われを射るクルスの如し波洗ふ沖の岩秀のきらめきやまず　湘南葉山

「若き日の拾遺」の最初に置かれている。著者が「サキクサ」を創刊する以前に住んでいた神奈川県葉山の海を詠んだ一首である。「われを射るクルス」が、恰も伝統短歌を広めるため歌誌を創刊せよ、という天からの啓示のようである。歌誌「サキクサ」誕生の萌しが窺える歌である。

青葉木菟啼く夜の更けをひとり起く「サキクサ」三十巻かたへに置きて　白むくげ

深き深き歌の密林にわれ一人さまよふ心地にこの夜も明けぬ　編集　霜月尽

「サキクサ」創刊から三年を過ぎた頃の歌である。しばしば徹夜をしながら、編集という孤独な作業に黙々と打ち込む姿が詠まれている。以後今日まで四十年近く著者が貫き通してきた姿勢の原点がここにある。

早咲きの低きコスモス蝶のきてそれよりはつかに揺れはじめけり

ひと群の紫露草ひるすぎて花みな閉ぢぬ貝の如くに　花庭（はなには）

六月の日のかきけぶり合歓の花眠れるごとき紅刷きにけり　半夏生（はんげしやう）

きのふ三輪けふは一輪朝顔の花のへりつつ秋はなだれ来　昨日は忘れて

いつせいに千鳥とびたつごとく見え峡の白木蓮花ひらきたり

光りつつはだれの雪のとくる沢雪よりいでて水芭蕉咲く

さゐさゐとしぐれの雨の過ぎゆけり峡の小草（をぐさ）の黄ばむを濡らし　春　信濃路

晴るる日は峡の野径（のみち）のささりんだう花の開きて濃むらさき顕（た）つ　秋　信濃路

としどしに華やぎうすれゆくわれの今日をさかりの花の木下に

咲き撓（をを）るさくらに風の吹き過ぎて花震ふとき無音のひびき　千鳥ヶ淵

集中には花の歌が多い。詠まれている花は四十種を数える。外観の可憐さや美しさを写生するだけでなく、花の生態や性格まで把握して詠んでいる。一、二首目、花の営みには花各々の意志が働いていると感じさせる。三首目、「かきけぶり」「眠れるごとき」が、六月の気懈いような空気の中に淡々（あわあわ）と咲く合歓の花の風情を伝えている。四首目では、俄かに秋づいてきたことを「秋はなだれ来」と言い取って、朝顔の花の終りを憐れんでいる。五首目には、飛びたつ形に開いた白木蓮の花への憧れがある。七首目は、花ではないが雨に濡れる小草の色が印象的な一首である。十首目、桜の花の動きの中に音とも言えぬ音を聞き取っている。次の三首も心の中の聴覚を研ぎ澄ませて感じ取ったと思わしめる歌である。

夜の雪を踏みて歩めば劫初(ごふしよ)より蹤(つ)きくるごとしわが足音は　　スノーピンク

朴の葉のばさと落ちたるその際(きは)の音きこゆかに地(つち)に大き葉　　平林寺

もくげんじ喬(たか)木の花の夕空にけぶれば弥陀の声ある如し　　塩田平(だひら)

白丁花(はくちやうげ)のちひさき花に蜜蜂のまろきが寄りゆくきらめきながら

立葵の花より翔(た)ちし熊蜂の足ゆしばらく花粉こぼれぬ　　蜂

秋づける庭に舞ひ舞ふ蜆蝶群るるといへど静かなりけり

秋を咲く小さき蒲公英に黄蝶きて蜜吸ひはじむいちづなるさま　　秋蝶

風過ぎて紫苑揺らげば蝶高く舞ひ上がりまた舞ひくだり寄る

夕つ日にましろく光(て)れる韮の花群るるせせりは影のごと舞ふ　　花の行方

蝶や蜂の生きるための行いが、著者の眼を通すと忽ち詩情を帯びてくる。蜂の不器用さが滑稽であり、蝶の一途さが哀れである。

堪へがたき譏り憎しみ受くる身にいさぎよきかな花葵の朱　花庭
五月闇縫ひゆく電車に揺られつつわれはいつより流離の人か　半夏生
何思ひ歩めるわれか道の辺に引かるる白線ひたに踏みゐつ　星光
裏切りをいくつ受け来し吾かとも鬢の白きを鏡に見たり　白むくげ
髪洗ひくれつつ力抜けといふ力みて生くる我ならずやも　秋蝶
来む世には何にならむか花にならむ花に愁ひのなしと思へば
あるときは裡なる修羅を鎮むると文字書きちらし筆あそびすも　昨日は忘れて
磨けども磨けどもなほ曇り呼ぶガラスに似たるわが哀しみか　わが影
逃れたき思ひひそむるわれなれや白木蓮は飛翔のかたち　春　信濃路

深い苦悩の滲む歌である。逃避したい気持と責任感との葛藤も窺い知れる。特に師を持たず他に迎合せず独自の歌風を確立した著者は、昭和五十二年、観念的な歌をよしとする風潮を憂えて「サキクサ」を創刊したが、出る杭は打たれる如く歌壇の風当りは強かったのであろう。

これの世につきせぬ思ひとどめつつ八十まり一つ君の旅立つ
愚痴言ふな気弱になるなと幾そたび奮ひ立たせてくれまししかな
君がため黒き喪服を取り出だすこの切なさは君知りまさず
逝きましし君思ひつつうつつなく揺られゐたりき春の電車に
ふたたびを声聞くこともあらぬべしいつの電話が終(つひ)でありしか
萌え出でし欅若葉のゆるるさへ君思はしむすでにまさぬを

弔歌　故　高橋英子刀自に捧ぐ

著者が母とも姉とも敬慕して止まない高橋英子氏への弔歌である。

高橋英子氏は明治三十三年生まれ。若くして化学者の夫・高橋克巳氏に死別後、与謝野寛、晶子に師事。歌誌「花房」を創刊、後に「藝林」に所属。主な著書は、歌集『高橋英子歌集』『橘』『つきせぬ』、随筆集『ひとり住居』など。

氏は、著者の「サキクサ」創刊を後押しし、創刊後は誹謗中傷に遭う著者を庇い、叱咤し励まし続けたと聞く。昭和五十二年から五十六年まで「サキクサ」に「歌へ

のつぶやき」を連載。昭和五十七年四月四日逝去、享年八十一歳。同年の「サキクサ」六月号を高橋英子追悼号とし、右の六首を含む九首の弔歌を捧げている。更に氏の恩誼を顕彰するため、サキクサ創刊五周年記念全国大会から高橋英子賞を設定し、会員の優れた詠草を表彰している。

デパートに物買ふ楽しみなく過ぎぬ事に追はれし一年と思ふ　遠花火
編集の三日を経れば部屋の隅廊下の隅に埃眼にたつ　白むくげ
縫ふこともいつしか稀に釦ひとつ付けて落着く女かわれも　花の行方
みどり子は天降りくるとや初孫を待つはたのしゑ長月二十日　春まだき
うとみゐし家事にも和む思ひあり銀の匙いくつ日向にみがく　春日遅遅
どんぐりを手に握りしめ幼な吾子小さきみちに拾ひしと言ふ
水溜りに映る白雲のぞきゐて深い深いとおどろく吾子は　味噌汁の秋
口紅のスノーピンクといふ色を愛しみて買ふ雪降る町に　スノーピンク

歌人である前に、一人の女性であり、母であり主婦なのである。無邪気な素のままの人間像が浮かび上がってくる。

国破れし日の碧空はいまもなほ瞼にありていくたびの夏
壕掘ると山につるはし振るひゐし少女子(をとめご)なりし国破れし日は
敬礼などしたるものかなさにづらふ少女子われが真剣にして
終戦の詔勅信ぜず激怒せる師のありたりき老いにけらしも
語りつぐはあなた達とぞ涙せる師はいかに生く敗れし日より

少女の日

「若き日の拾遺」より。昭和二十年八月十五日、この国が第二次大戦に敗れた時、著者は、香川県立三豊高等女学校四年生であった。戦時中は、学びたい盛りの少女達までが、強制的に学業を中断してきつい労働に駆り出されていた。いわゆる学徒動員である。この時の引率者、新田勧先生は、東大を出られた生物の先生で自らは自由律俳句を詠まれる方であったが、労働の余暇を惜しんで教え子達に万葉集など文学の手ほどきをしたという。三豊高等女学校は、校歌の歌詞が短歌三首であるくらい短歌が盛んなのであった。

著者の年代の女性達の学ぶことに対する真摯な姿勢には後輩として常々敬服しているが、この時代に充分に満たされなかった向学心が基にあると思う。

著者はよく歌会の折に、歌を詠むにはハングリーでなければいけないと説くが、戦時の経験を踏まえた真実の言葉なのである。

『水莖のやうに』は、

水かんな水にあるゆゑ水莖の寒き夕べは薄ら氷のなか

の一首をもって締めくくられる。

著者は、『水莖のやうに』を第一歌集の『白き假名文字』に対して「この世の便り」ととるか、文字どおり「みずみずしい莖」ととるかを読者の自由に任せているが、第一歌集が天からの便りなら、本集はそれへの返し文であろうか。二歌集とも文字に係わりのある表題で、床しい大和言葉を尊ぶ著者ならではの命題である。

文庫版あとがき

歌集『水茎のやうに』はわたくしの第二歌集です。第一歌集『白き假名文字』に対する集名で、対(つい)となるような思いが籠められております。作品は、若かりし日のもので、今読み返して新鮮な懐かしさを覚えます。

このたび、現代短歌社の文庫シリーズに加えさせていただき、より親しく皆様にお読みいただけるのではないかと喜んでおります。

御心こもる解説を書いて下さった広瀬陽子さんに厚く御礼申し上げます。

又、出版の労をおとり下さいました現代短歌社社長、道具武志様はじめ今泉洋子様ほかスタッフの方々に厚く御礼申し上げます。

平成二十八年七月　七夕の日に

大塚布見子

本書は平成十一年短歌新聞社より刊行されました

歌集 水莖のやうに〈現代短歌社文庫〉

平成28年10月27日　初版発行

著　者　大塚布見子
発行人　道具武志
印　刷　㈱キャップス
発行所　現代短歌社

〒113-0033 東京都文京区本郷1-35-26
振替口座　00160-5-290969
電　話　03(5804)7100

定価720円(本体667円+税)